운수 좋은 날

아시아에서는 《바이링궐 에디션 한국 대표 소설》을 기획하여 한국의 우수한 문학을 주제별로 엄선해 국내외 독자들에게 소개합니다. 이 기획은 국내외 우수한 번역가들이 참여하여 원작의 품격을 최대한 살렸습니다. 문학을 통해 아시아의 정체성과 가치를 살피는 데 주력해 온 아시아는 한국인의 삶을 넓고 깊게 이해하는 데 이 기획이 기여하기를 기대합니다.

Asia Publishers presents some of the very best modern Korean literature to readers worldwide through its new Korean literature series 〈Bilingual Edition Modern Korean Literature〉. We are proud and happy to offer it in the most authoritative translation by renowned translators of Korean literature. We hope that this series helps to build solid bridges between citizens of the world and Koreans through a rich in-depth understanding of Korea.

바이링궐 에디션 한국 대표 소설 087

Bi-lingual Edition Modern Korean Literature 087

A Lucky Day

현진건
운수 좋은 날

Hyŏn Chin'gŏn

ASIA
PUBLISHERS

Contents

운수 좋은 날 007
A Lucky Day

해설 053
Afterword

비평의 목소리 075
Critical Acclaim

작가 소개 084
About the Author

운수 좋은 날

A Lucky Day

새침하게 흐린 품이 눈이 올 듯하더니 눈은 아니 오고 얼다가 만 비가 추적추적 내리는 날이었다.

이날이야말로 동소문 안에서 인력거꾼 노릇을 하는 김첨지에게는 오래간만에도 닥친 운수 좋은 날이었다. 문 안에(거기도 문밖은 아니지만) 들어간답시는 앞집 마마님을 전찻길까지 모셔다 드린 것을 비롯으로 행여나 손님이 있을까 하고 정류장에서 어정어정하며 내리는 사람 하나하나에게 거의 비는 듯한 눈결을 보내고 있다가 마침내 교원인 듯한 양복쟁이를 동광학교(東光學校)까지 태워다주기로 되었다.

There was an unfriendly murkiness in the sky that suggested snow, but the snow did not come, only a frozen rain that kept dripping, dripping down.

Today was the first lucky day in a long time to come the way of Kim Ch'ŏmji, a rickshaw man who worked on the city side of Tongsŏmun. It began with the woman in the house opposite who wanted to go downtown. He brought her to the tram-stop, and then, in the hope of getting another fare, he wandered around the depot, turning imploring eyes on each person in turn who got off a tram, until finally he got a fare to Tonggwang School, a man dressed in western clothes who looked like a

첫 번에 삼십 전, 둘째 번에 오십 전—아침 댓바람에 그리 흉치 않은 일이었다. 그야말로 재수가 옴 붙어서 근 열흘 동안 돈 구경도 못 한 김첨지는 십 전짜리 백동화 서 푼, 또는 다섯 푼이 찰깍하고 손바닥에 떨어질 제 거의 눈물을 흘릴 만큼 기뻤었다. 더구나 이날 이때에 이 팔십 전이란 돈이 그에게 얼마나 유용한지 몰랐다. 컬컬한 목에 모주 한 잔도 적실 수 있거니와 그보다도 앓는 아내에게 설렁탕 한 그릇도 사다줄 수 있음이다.

그의 아내가 기침으로 쿨룩거리기는 벌써 달포가 넘었다. 조밥도 굶기를 먹다시피 하는 형편이니 물론 약 한 첩 써본 일이 없다. 구태여 쓰려면 못 쓸 바도 아니로되 그는 병이란 놈에게 약을 주어 보내면 재미를 붙여서 자꾸 온다는 자기의 신조(信條)에 어디까지 충실하였다. 따라서 의사에게 보인 적이 없으니 무슨 병인지는 알 수 없으되 반듯이 누워 가지고 일어나기는 새려 모로도 못 눕는 걸 보면 중증은 중증인 듯. 병이 이토록 심해지기는 열흘 전에 조밥을 먹고 체한 때문이다. 그 때도 김첨지가 오래간만에 돈을 얻어서 좁쌀 한 되와 십 전 짜리 나무 한 단을 사다 주었더니, 김첨지의 말에

teacher.

The first run was thirty *chŏn*; the second fifty *chŏn*. Not a bad omen to start the day! Kim Ch'ŏmji had been in such utterly bad luck that he hadn't seen the sight of money for ten days, but the jingle now of three ten *chŏn* nickel coins, followed by five more, in the palm of his hand, was almost enough to bring tears of joy. For him, today, the value of this eighty *chŏn* was inestimable. Not only would he be able to slake his thirst with a cup of wine, but he would be able to buy a bowl of *sŏllŏngt'ang* beef soup for his ailing wife.

His wife had been racked with a cough for more than six weeks. And in circumstances where a bowl of millet was difficult to get, it goes without saying she had had no medicine. It wasn't that medicine was completely out of the question. To some extent, at least, Kim Ch'ŏmji was being true to his belief that if you give medicine to get rid of the demon of disease, the demon will get to like it and keep coming back for more. So he hadn't had a doctor look at her and he didn't really know what was wrong. However, her condition was obviously serious because she was lying down all the time, quite unable to turn on her side much less get up.

의지하면 그 오라질 년이 천방지축으로 냄비에 대고 끓였다. 마음은 급하고 불길은 달지 않아 채 익지도 않은 것을 그 오라질 년이 숟가락은 고만두고 손으로 움켜서 두 뺨에 주먹덩이 같은 혹이 불거지도록 누가 빼앗을 듯이 처박질하더니만 그날 저녁부터 가슴이 땅긴다, 배가 켕긴다고 눈을 홉뜨고[1] 지랄병을 하였다. 그때 김첨지는 열화와 같이 성을 내며,

"에이, 오라질 년, 조랑복[2]은 할 수가 없어, 못 먹어 병, 먹어서 병! 어쩌란 말이야. 왜 눈을 바루 뜨지 못해!"
하고 김첨지는 앓는 이의 뺨을 한 번 후려갈겼다. 홉뜬 눈은 조금 바루어졌건만 이슬이 맺히었다. 김첨지의 눈시울도 뜨끈뜨끈한 듯하였다.

이 환자가 그러고도 먹는 데는 물리지 않았다. 사흘 전부터 설렁탕 국물이 마시고 싶다고 남편을 졸랐다.

"이런 오라질 년! 조밥도 못 먹는 년이 설렁탕은, 또 처먹고 지랄병을 하게."
라고 야단을 쳐보았건만 못 사주는 마음이 시원치는 않았다.

인제 설렁탕을 사줄 수도 있다. 앓는 어미 곁에서 배

Her condition had become worse ten days ago when a bowl of millet she ate lay on her stomach. Kim Ch'ŏmji had just got his hands on some money after a long lean spell. He bought her a little millet and a ten *chŏn* bundle of wood, and then the damn woman, in Kim's own words, had been completely reckless. She threw the whole lot into a pot to boil, but too impatient to wait for it to cook, she dispensed with the spoon and began scooping up the half-cooked millet with her hands before the fire could redden, as if someone was going to take it away from her, stuffing it into her mouth till her jaws turned purple like two cancers as big as a fist. By evening she was complaining of a tightness in her breast, her stomach was cramped, her eyes were wide and staring; she was having a fit. Kim Ch'ŏmji was really angry.

"God damn woman! It *would* be your luck! Sick when you don't eat, sick when you do! What's to be done now? Can't you look straight?" he cried and he slapped her once across the cheek. Her eyes came back a little into line, but there was a wet film clinging to them. Kim Ch'ŏmji's eyes were burning, too.

The patient, however, didn't go off her food. For

고파 보채는 개똥이(세 살먹이)에게 죽을 사줄 수도 있다—팔십 전을 손에 쥔 김첨지의 마음은 푼푼하였다.[3)]

그러나 그의 행운은 그걸로 그치지 않았다. 땀과 빗물이 섞여 흐르는 목덜미를 기름 주머니가 다 된 왜목 수건으로 닦으며 그 학교 문을 돌아 나올 때였다. 뒤에서 "인력거!" 하고 부르는 소리가 난다. 자기를 불러 멈춘 사람이 그 학교 학생인 줄 김첨지는 한 번 보고 짐작할 수 있었다. 그 학생은 다짜고짜로,

"남대문 정거장까지 얼마요?"

라고 물었다. 아마도 그 학교 기숙사에 있는 이로 동기 방학을 이용하여 귀향하려 함이리라. 오늘 가기로 작정은 하였건만 비는 오고 짐은 있고 해서 어찌 할 줄 모르다가 마침 김첨지를 보고 뛰어나왔음이리라. 그렇지 않으면 왜 구두를 채 신지도 못해서 질질 끌고 비록 고구라[4)] 양복일망정 노박이로[5)] 비를 맞으며 김첨지를 뒤쫓아 나왔으랴.

"남대문 정거장까지 말씀입니까?"

하고 김첨지는 잠깐 주저하였다. 그는 이 우중[6)]에 우장[7)]도 없이 그 먼 곳을 철벅거리고 가기가 싫었음일까? 처

three days she badgered her husband for *sŏllŏngt'ang*.

"Bloody woman. Can't even eat millet and she wants beef soup! Stuff herself again and have another fit," he ranted.

Inwardly, however, he felt bad that he couldn't buy it for her. Now he would be able to buy her the *sŏllŏngt'ang*. He would also be able to buy food for the three-year-old child howling with hunger by her sick mother's side. Kim Ch'ŏmji, eighty *chŏn* tight in his fist, had a feeling of plenty.

Kim Ch'ŏmji's good fortune didn't end there. Coming back out the school gate, wiping the mixture of sweat and rain that was running down the back of his neck with a greasy Japanese cotton handkerchief, he heard the cry "Rickshaw!" behind him. Kim Ch'ŏmji took one look at whoever it was that had stopped to call him, and he guessed it was a student from the school. The student got straight to the point.

"How much to South Gate Station?" he asked.

The boy was probably a boarder at the school going home for the winter holidays. Probably he had made up his mind to go today, but with the rain and having baggage as well, he had been at a loss to know what to do until he spotted Kim Ch'-

음 것 둘째 것으로 그만 만족하였음일까? 아니다, 결코 아니다. 이상하게도 꼬리를 맞물고 덤비는 이 행운 앞에 조금 겁이 났음이다. 그리고 집을 나올 제 아내의 부탁이 마음에 켕기었다— 앞집 마마한테서 부르러 왔을 제 병인은 그 뼈만 남은 얼굴에 유일의 생물 같은, 유달리 크고 움푹한 눈에 애걸하는 빛을 띠며,

"오늘은 나가지 말아요. 제발 덕분에 집에 붙어 있어요. 내가 이렇게 아픈데……."

라고 모깃소리같이 중얼거리고 숨을 거르렁거르렁하였다. 그때에 김첨지는 대수롭지 않은 듯이.

"압다, 젠장맞을 년. 별 빌어먹을 소리를 다 하네. 맞붙들고 앉았으면 누가 먹여 살릴 줄 알아."

하고 홀쩍 뛰어나오려니까 환자는 붙잡을 듯이 팔을 내저으며,

"나가지 말라도 그래. 그러면 일찍이 들어와요."

하고 목메인 소리가 뒤를 따랐다.

정거장까지 가잔 말을 들은 순간에 경련적으로 떠는 손, 유달리 큼직한 눈, 울 듯한 아내의 얼굴이 김첨지의 눈앞에 어른어른하였다.

ŏmji and came running out. Otherwise why come running out, shoes trailing behind him, getting soaking wet—even if it was only a cheap cotton uniform he was wearing?

"South Gate Station, you say," Kim Ch'ŏmji said, hesitating for a moment. Might it be that he was reluctant to splash his way so far in this rain and without rain-gear? Or might it be that he was satisfied with the first and second fares? No, not at all. It was just that he was a little afraid of this strange good fortune, which seemed to be rushing in upon him. And there was also the fact that his wife's request as he left the house this morning after the call from the woman across the street, was still nagging at him. There was an imploring light in the sick woman's eyes, eyes which were unusually big and sunken, the only living things in her fleshless face.

"Don't go out today. Please, for my sake, stay at home today. I'm terribly sick..." she said, her voice a murmur like the buzz of a mosquito, her breathing laboured.

Kim Ch'ŏmji made light of it.

"What are you saying? Whipped you should be, talking nonsense like that! Who do you think will

"그래, 남대문 정거장까지 얼마란 말이오?"

하고 학생은 초조한 듯이 인력거꾼의 얼굴을 바라보며 혼잣말같이,

"인천 차가 열한 점에 있고 그다음에는 새로 두 점이던가?"

라고 중얼거린다.

"일 원 오십 전만 줍시오."

이 말이 저도 모를 사이에 불쑥 김첨지의 입에서 떨어졌다. 제 입으로 부르고도 스스로 그 엄청난 돈 액수에 놀랐다. 한꺼번에 이런 금액을 불러라도 본 지가 그 얼마 만인가! 그러자 그 돈 벌 용기가 병자에 대한 염려를 사르고[8] 말았다. 설마 오늘 내로 어떠랴 싶었다. 무슨 일이 있더라도 제일 제이의 행운을 갑친 것보다도 오히려 곱절이 많은 이 행운을 놓칠 수 없다 하였다.

"일 원 오십 전은 너무 과한데."

이런 말을 하며 학생은 고개를 기웃하였다.

"아니올시다. 이수로 치면 여기서 거기가 시오 리가 넘는답니다. 또 이런 진날은 좀 더 주셔야지요."

하고 빙글빙글 웃는 차부의 얼굴에는 숨길 수 없는 기

feed and look after us if we sit here holding onto each other?" he said, but as he made to rush off, the sick woman reached out her hand as if to hold him.

"I wish you wouldn't go, but come back early," she said, her thin throaty whisper following him out.

Now, in the instant of hearing that his fare wanted to go to the station, her convulsively trembling hands, her huge big eyes, and her face which was on the point of tears danced before Kim Ch'ŏmji's eyes.

"Well, how much to South Gate Station?' the student asked, looking impatiently at the rickshaw man's face, and then as if talking to himself, he mumbled, "there's a train to Inchŏn at eleven; is the next one at two in the afternoon?"

"You'll have to give me one *won* fifty."

The fare came out abruptly, before Kim Ch'ŏmji realized it himself. He was shocked by the staggering sum of money, even though it came from his own lips. What a long time it had been since he had even asked for a fare as big as this! The opportunity to earn this money consumed his concern for his sick wife. Surely nothing would happen

뻠이 넘쳐흘렀다.

"그러면 달라는 대로 줄 터이니 빨리 가요."

관대한 어린 손님은 이런 말을 남기고 총총히 옷도 입고 짐도 챙기러 제 갈 데로 갔다.

그 학생을 태우고 나선 김첨지의 다리는 이상하게 거뿐하였다. 달음질을 한다느니보다 거의 나는 듯하였다. 바퀴도 어떻게 속히 도는지 구른다느니보다 마치 얼음을 지쳐 나가는 스케이트 모양으로 미끄러져 가는 듯하였다. 언 땅에 비가 내려 미끄럽기도 하였지만.

이윽고 끄는 이의 다리는 무거워졌다. 자기 집 가까이 다다른 까닭이다. 새삼스러운 염려가 그의 가슴을 눌렀다.

"오늘은 나가지 말아요. 내가 이렇게 아픈데!"

이런 말이 잉잉 그의 귀에 울렸다. 그리고 병자의 움쑥 들어간 눈이 원망하는 듯이 자기를 노리는 듯하였다. 그러자 엉엉 하고 우는 개똥이의 곡성을 들은 듯싶다. 딸국딸국 하고 숨 모으는 소리도 나는 듯싶다…….

"왜 이러우? 기차 놓치겠구먼."

하고 탄 이의 초조한 부르짖음이 간신히 그의 귀에 들

today? This bit of good luck was more than double the first and second together. He felt he couldn't afford to pass it up, no matter what.

"One *won* fifty is too much," the student said, shaking his head.

"It's more than fifteen *li;* you have to expect to pay a little more on a rainy day like this," the driver said, and a joy that could not be hidden flowed across his face.

"All right, I'll give what you ask," the generous young customer agreed. "But let's go quickly," he said and hurried off to change his clothes and get his things.

Kim Ch'ŏmji's legs felt strangely light when he got the student aboard. He went at a run; it was almost as if he were flying. And the wheels turned so fast it was like sliding on skates along ice. Actually the rain falling on the frozen ground had made it slippy.

The driver's legs soon grew heavy. The reason was that he was coming near his own house. Renewed anxiety weighed on his chest. *Don't go out today: I'm so sick*! The sick woman's whimpering cry rang in his ears. Her deep-sunk eyes seemed to glare at him in reproach. He could almost hear the

어왔다. 언뜻 깨달으니 김첨지는 인력거 채를 쥔 채 길 한복판에 엉거주춤 멈춰 있지 않은가.

"예예"

하고 김첨지는 또다시 달음질하였다. 집이 차차 멀어갈수록 김첨지의 걸음에는 다시금 신이 나기 시작하였다. 다리를 재게 놀려야만 쉴 새 없이 자기의 머리에 떠오르는 모든 근심과 걱정을 잊을 듯이.

정거장까지 끌어다 주고 그 깜짝 놀란 일 원 오십 전을 정말 제 손에 쥐매, 제 말마따나 십 리나 되는 길을 비를 맞아가며 질퍽거리고 온 생각은 아니하고 거저나 얻은 듯이 고마웠다. 졸부나 된 듯이 기뻤다. 제 자식뻘밖에 안 되는 어린 손님에게 몇 번 허리를 굽히며,

"안녕히 다녀오십시오."

라고 깍듯이 재우쳤다.[9)]

그러나 빈 인력거를 털털거리며 이 우중에 돌아갈 일이 꿈밖이었다. 노동으로 하여 흐른 땀이 식어지자 굶주린 창자에서, 물 흐르는 옷에서 어슬어슬 한기가 솟아나기 비롯하매 일 원 오십 전이란 돈이 얼마나 괴치 않고 괴로운 것인 줄 절절히 느끼었다. 정거장을 떠나

wailing of the child. And there seemed to be a gasping sound, a struggle to draw breath.

"What's the matter, we'll miss the train."

The impatient cry of the passenger barely got through to the driver. Realisation came abruptly: Kim Ch'ŏmji, hands still holding the shafts of the rickshaw, was crouched down in the middle of the road: he had pulled up.

"Yes, yes," Kim Ch'ŏmji said, and he broke into a run again. The further he got from his house the more life came back into his gait, as if the brisk movement of his legs was the only thing that could make him forget the ceaseless flow of anxiety and worry in his mind.

When Kim Ch'ŏmji delivered his passenger at the station and when he actually got that staggering one *won* fifty into his hand, he had no thought for the fifteen *li* he had splashed through the rain. He was as grateful as if he had got the money for nothing, as happy as if he had become a millionaire overnight. Several times he bowed deeply to his young customer—he was young enough actually to be his son.

"Have a good trip," he added respectfully.

The trip back in the rain with an empty, rattling

가는 그의 발길은 힘 하나 없었다. 온몸이 옹송그려지며 당장 그 자리에 엎어져 못 일어날 것 같았다.

"젠장맞을 것! 이 비를 맞으며 빈 인력거를 털털거리고 돌아를간담? 이런 빌어먹을, 제 할미를 붙을 비가 왜 남의 상판을 딱딱 때려!"

그는 몹시 화증을 내며 누구에게 반항이나 하는 듯이 게걸거렸다. 그럴 즈음에 그의 머리엔 또 새로운 광명이 비쳤나니 그것은,

'이러구 갈 게 아니라 이 근처를 빙빙 돌며 차 오기를 기다리면 또 손님을 태우게 될는지도 몰라.'

란 생각이었다. 오늘은 운수가 괴상하게도 좋으니까 그런 요행이 또 한 번 없으리라고 누가 보증하랴. 꼬리를 굴리는 행운이 꼭 자기를 기다리고 있다고 내기를 해도 좋을 만한 믿음을 얻게 되었다. 그렇다고 정거장 인력거꾼의 등쌀이 무서우니 정거장 앞에 섰을 수는 없었다. 그래 그는 이전에도 여러 번 해본 일이라 바로 정거장 앞 전차 정류장에서 조금 떨어지게, 사람 다니는 길과 전찻길 틈에 인력거를 세워놓고 자기는 그 근처를 빙빙 돌며 형세를 관망하기로 하였다.

rickshaw didn't bear thinking about. The sweat of labor had run cold and there was a chill welling up from his soaking clothes, which he could feel in his famished stomach and which gave him a heightened awareness of the satisfaction and the anguish of one *won* fifty. There was no strength left in his gait. He was huddled up as he left the station and he felt as if at any moment he might fall down and be unable to get up again.

"Damn rain! Rattling an empty rickshaw back in this rain! Why does this bloody rain have to keep battering me in the face?"

Kim Ch'ŏmji was violently angry, grumbling and complaining as if in defiance of someone. At this stage a new, bright idea flashed into his mind. This is no way to do it, he thought. If I circle the area and wait for a train to come, I could get another fare. He had been so lucky today, who could say he wouldn't have another stroke of luck? He felt absolutely sure good fortune was waiting for him; he would have been willing to bet on it. However, he couldn't stand in front of the station because he was afraid of the regular rickshaw men. So, he did what he had often done before: he parked the rickshaw at a point between the tramlines and the

얼마 만에 기차는 왔고 수십 명이나 되는 손이 정류장으로 쏟아져 나왔다. 그중에서 손님을 물색하는 김첨지의 눈엔 양머리에 뒤축 높은 구두를 신고 망토까지 두른 기생 퇴물인 듯 난봉 여학생인 듯한 여편네의 모양이 띄었다. 그는 슬근슬근 그 여자의 곁으로 다가들었다.

"아씨, 인력거 아니 타시랍시오?"

그 여학생인지 뭔지가 한참은 매우 태깔[10)]을 빼며 입술을 꼭 다문 채 김첨지를 거들떠보지도 않았다. 김첨지는 구걸하는 거지나 무엇같이 연해연방 그의 기색을 살피며,

"아씨, 정거장 애들보다 아주 싸게 모셔다 드리겠습니다. 댁이 어데신가요?"

하고 추근추근하게 그 여자의 들고 있는 일본식 버들고리짝에 제 손을 대었다.

"왜 이래. 남 귀치않게."

소리를 벽력같이 지르고는 돌아선다. 김첨지는 어랍시오 하고 물러섰다.

전차가 왔다. 김첨지는 원망스럽게 전차 타는 이를 노

footpath, a little way from the tramcar depot which was opposite the station and circled the area to survey the situation. A train came after a little while, and quite a crowd poured out in the direction of the tramcar depot. A woman caught Kim Ch'ŏmji's fare-searching eye. She looked like an ex-*kisaeng* or a playgirl student; she had a western hair-do and wore high-heeled shoes and she had a cape thrown over her shoulders. He stole up beside her.

"Rickshaw, ma'am?"

Student or not, she put on an exceedingly haughty expression for a moment. Her lips were sealed tight; she didn't spare Kim Ch'ŏmji a glance.

"I'll bring you a lot cheaper, ma'am, than the boys in the station. Where are you going?"

Kim Ch'ŏmji was nothing if not persistent. He laid his hand on the Japanese wicker bag she was carrying.

"How dare you pester people like this," she thundered and turned away.

A tram came. Kim Ch'ŏmji glared spitefully at the people who got on the tram. But his instinct had not been wrong. When the tram, loaded to the last, began to move, there was one man left behind. Judging by the huge bag he was carrying, it looked

리고 있었다. 그러나 그의 예감은 틀리지 않았다. 전차가 빡빡하게 사람을 싣고 움직이기 시작하였을 제 타고 남은 손 하나가 있었다. 굉장하게 큰 가방을 들고 있는 걸 보면 아마 붐비는 차 안에 짐이 크다 하여 차장에게 밀려 내려온 눈치였다. 김첨지는 대어섰다.

"인력거를 타시랍시오?"

한동안 값으로 승강이를 하다가 육십 전에 인사동까지 태워다 주기로 하였다. 인력거가 무거워지며 그의 몸은 이상하게도 가벼워졌다. 그리고 또 인력거가 가벼워지니 몸은 다시금 무거워졌건만 이번에는 마음조차 초조해 온다. 집의 광경이 자꾸 눈앞에 어른거려 인제 요행을 바랄 여유도 없었다. 나뭇등걸이나 무엇 같고 제 것 같지도 않은 다리를 연해 꾸짖으며 갈팡질팡 뛰는 수밖에 없었다.

'저놈의 인력거꾼이 저렇게 술이 취해 가지고 이 진 땅에 어찌 가노?'

라고 길 가는 사람이 걱정을 하리만큼 그의 걸음은 황급하였다. 흐리고 비 오는 하늘은 어둠침침하게 벌써 황혼에 가까운 듯하다. 창경원 앞까지 다다라서야 그는

as if he had been put off the tram by the conductor because his bag was too big for the crowded tram. Kim Ch'ŏmji pulled over beside him.

"Rickshaw?"

There was some stubborn haggling over the fare before Kim Ch'ŏmji agreed to bring him to Insa-dong for sixty *chŏn* .

All day long, when the rickshaw grew heavy, Kim Ch'ŏmji's body felt strangely light, and when the rickshaw felt light, his body grew heavy. This time, however, anxiety ate right into his mind. A view of the house kept shimmering in front of his eyes, so that now he couldn't think of more good luck. His legs felt like stumps of trees, as if they did not be-long to him, and the only way to keep them going was to drive them on and on, abusing them, racing steadily forward. His pace was reckless enough to worry passers-by: how could that damn rickshaw man be so drunk and still stay on his feet in this muck? There was a sombreness in the overcast, rainy sky which made it seem as if it were already close to dusk. Passing Changgyŏng Gardens he slowed down to catch his breath. Step after step, the nearer he got to home, the more he felt a strange calm penetrating into his mind. This calm

턱에 닿은 숨을 돌리고 걸음도 늦추잡았다. 한 걸음 두 걸음 집이 가까워올수록 그의 마음조차 괴상하게 누그러웠다. 그런데 그 누그러움은 안심에서 오는 게 아니요 자기를 덮친 무서운 불행을 빈틈없이 알게 될 때가 박두한 것을 두려워하는 마음에서 오는 것이다. 그는 불행에 다닥치기 전 시간을 얼마쯤이라도 늘이려고 버르적거렸다. 기적에 가까운 벌이를 하였다는 기쁨을 할 수 있으면 오래 지니고 싶었다. 그는 두리번두리번 사면을 살피었다. 그 모양은 마치 자기 집—곧 불행을 향하고 달려가는 제 다리를 제 힘으로는 도저히 어찌할 수가 없으니 누구든지 나를 좀 잡아다고, 구해다고 하는 듯하였다.

그럴 즈음에 마침 길가 선술집에서 그의 친구 치삼이가 나온다. 그의 우글우글 살찐 얼굴에 주홍이 돋는 듯, 온 턱과 뺨을 시커멓게 구레나룻이 덮였거든, 노르탱탱한 얼굴이 바짝 말라서 여기저기 고랑이 파이고 수염도 있대야 턱밑에만 마치 솔잎 송이를 거꾸로 붙여놓은 듯한 김첨지의 풍채하고는 기이한 대상을 짓고 있었다.

"여보게, 김첨지. 자네 문안 들어갔다 오는 모양일세

was not coming from any sense of security, rather it was springing from a fear born of a vivid realisation of the imminence of piled-up misfortune. He was writhing, trying to prolong the time, at least a little, before he collided with calamity. He wanted, if possible, to hold on for a long time to the joy of earnings that amounted almost to a miracle. He craned his neck, searching in all directions. He gave the impression that he was completely powerless to do anything about his legs, which were racing towards his own house, that is, toward certain calamity, and would someone, anyone grab him, save him?

At this juncture, Chisam, his friend, came out of a roadside drinking establishment. Chisam's wrinkled, fat face was a purple glow, and jet whiskers covered cheeks and chin, offering a striking contrast to the appearance of Kim Ch'ŏmji whose face was wizened and sallow, with here and there a furrow cut across it, and a skimpy beard that amounted to no more than a few inverted pine needles of stubble beneath his chin.

"Hello, Kim Ch'ŏmji! On your way back from the city, I see. Made a lot of money, I presume. How about standing me a drink?" cried the corpulent

그려. 돈 많이 벌었을 테니 한잔 빨리게."

뚱뚱보는 말라깽이를 보던 맡[11)]에 부르짖었다. 그 목소리는 몸집과 딴판으로 연하고 싹싹하였다. 김첨지는 이 친구를 만난 게 어떻게 반가운지 몰랐다. 자기를 살려준 은인이나 무엇같이 고맙기도 하였다.

"자네는 벌써 한잔한 모양일세그려. 자네도 오늘 재미가 좋아 보이."

하고 김첨지는 얼굴을 펴서 웃었다.

"압다, 재미 안 좋다고 술 못 먹을 낸가? 그런데 여보게, 자네 왼몸이 어째 물독에 빠진 새앙쥐 같은가? 어서 이리 들어와 말리게."

선술집은 훈훈하고 뜻뜻하였다. 추어탕을 끓이는 솥뚜껑을 열 적마다 뭉게뭉게 떠오르는 흰 김, 석쇠에서 빠지짓빠지짓 구워지는 너비아니, 굴이며 제육이며 간이며 콩팥이며 북어며 빈대떡…… 이 너저분하게 늘어놓인 안주 탁자, 김첨지는 갑자기 속이 쓰려서 견딜 수 없었다. 마음대로 할 양이면 거기 있는 모든 먹음먹이[12)]를 모조리 깡그리 집어삼켜도 시원치 않았다. 하되 배고픈 이는 위선 분량 많은 빈대떡 두 개를 쪼이기로 하

Chisam at the sight of his skinny friend. His voice was soft and gentle in contrast to his bearing. Kim Ch'ŏmji was indescribably glad to see his friend. He was as grateful as if Chisam were a benefactor who had saved his life.

"You seem to have had one already, you look in good form yourself today," Kim Ch'ŏmji said, a smile spreading across his face.

"I'd have my drink whether I was in good form or not. But what happened you? You're like a drowned rat. Come on in here and dry yourself."

The drinking-house was warm and comfortable. The clouds of steam rising whitely into the air whenever the lid of the fish-pot was lifted; the beef broiling on the grid-iron; dressed meats, liver, soybeans, pollack, lentil pancakes... the disorderly arrangement of side-dishes on the table—it all brought an unbearable burning hunger to Kim Ch'ŏmji's stomach. If he followed his inclinations, he could have gobbled down everything edible there and still not be satisfied. Ravenously hungry, he decided to start with something that had a little body to it. He ordered two meat-pies warmed up and a bowl of fish soup. With the taste of food, his famished insides became more and more empty,

고 추어탕을 한 그릇 청하였다. 주린 창자는 음식 맛을 보더니 더욱더욱 비어지며 자꾸자꾸 들이라 들이라 하였다. 순식간에 두부와 미꾸라지 든 국 한 그릇을 그냥 물같이 들이키고 말았다. 셋째 그릇을 받아들었을 제 덥히던 막걸리 곱빼기 두 잔이 데워졌다. 치삼이와 같이 마시자 원원이[13] 비었던 속이라 찌르르 하고 창자에 퍼지며 얼굴이 화끈하였다. 눌러 곱빼기 한 잔을 또 마셨다.

김첨지의 눈은 벌써 개개풀리기 시작하였다. 석쇠에 얹힌 떡 두 개를 숭덩숭덩 썰어서 볼을 불룩거리며 또 곱빼기 두 잔을 부어라 하였다.

치삼은 의아한 듯이 김첨지를 보며,

"여보게, 또 붓다니, 벌써 우리가 넉 잔씩 먹었네. 돈이 사십 전일세."

라고 주의시켰다.

"아따 이놈아, 사십 전이 그리 끔찍하냐? 오늘 내가 돈을 막 벌었어. 참 오늘 운수가 좋았느니."

"그래 얼마를 벌었단 말인가?"

"삼십 원을 벌었어, 삼십 원을! 이런 젠장맞을, 술을

demanding more and more food. He gulped down a bowl of soup, with bean curd and loach, as if it were water. As he set to his third bowl, the two double *makkollis* being warmed up were ready. Drinking there with Chisam, his empty stomach seemed to suddenly fill out and a warm glow came to his face. He knocked another double straight back.

Kim Ch'ŏmji's eyes already were becoming bleary. His cheeks bulged with two pieces of rice-cake, large pieces cut from the grid-iron, and he ordered two more doubles. Chisam looked at Kim Ch'ŏmji a little dubiously.

"More! We've had four each already. That'll come to forty *chŏn* ," he warned.

"What a bloody man! Is forty *chŏn* big money? I made a pile today. This was a real lucky day."

"How much did you make?"

"I made thirty *won*. Thirty *won*. Why shouldn't I pour this damned liquor... it's all right, it's all right. It doesn't matter how much we drink. I made a pile today."

"Ah, you're drunk, you've had enough."

"You think this is enough to make *me* drunk? Come on, drink up," he cried, pulling Chisam's ear.

왜 안 부어?…… 괜찮다 괜찮아. 막 먹어도 상관이 없어. 오늘 돈 산더미같이 벌었는데."

"어, 이 사람 취했군. 고만두세."

"이놈아, 그걸 먹고 취할 내냐? 어서 더 먹어."

하고는 치삼의 귀를 잡아치며 취한 이는 부르짖었다. 그리고 술을 붓는 열오륙 세 됨 직한 중대가리에게로 달려들며,

"이놈, 오라질 놈, 왜 술을 붓지 않어?"

라고 야단을 쳤다. 중대가리는 희희 웃고 치삼을 보며 문의하는 듯이 눈짓을 하였다. 주정꾼이 이 눈치를 알아보고 화를 버럭 내며,

"네미를 붙을 이 오라질 놈들 같으니. 이놈, 내가 돈이 없을 줄 알고."

하자마자 허리춤을 훔칫훔칫하더니 일 원짜리 한 장을 꺼내어 중대가리 앞에 펄쩍 집어던졌다. 그 사품에 몇 푼 은전이 잘그랑하며 떨어진다.

"여보게 돈 떨어졌네. 왜 돈을 막 끼얹나?"

이런 말을 하며 치삼은 일변 돈을 줍는다. 김첨지는 취한 중에도 돈의 거처를 살피려는 듯이 눈을 크게 떠

Then he turned on the boy who was pouring the *makkŏlli*, a boy of about fourteen with cropped hair.

"Pour! you little bastard," he shouted at the boy.

The boy with the cropped head giggled and looked questioningly at Chisam. The drunken man read the look and thundered in anger,

"You little bastard, you'd lay your own mother, you think I've no money."

He fumbled in his waist pocket, took out a one *won* note and threw it angrily at the boy. A few silver coins jingled and fell in the process.

"Look, you've let some fall. Why are you throwing money all over the place," Chisam said, beginning to pick up the money.

Kim Ch'ŏmji, drunk though he was, opened his eyes wide to see where the money had gone. He looked down at the floor, and then as if shocked by the degradation of what he was doing, he shook his head and gave vent to an even greater anger.

"Look here, you dirty sons-of-bitches! You think I've no money. I should break every bone in your bodies."

He took the money Chisam had gathered and flung it away.

서 땅을 내려보다가 불시에 제 하는 짓이 너무 더럽다는 듯이 고개를 소스라치자 더욱 성을 내며,

"봐라 봐! 이 더러운 놈들아! 내가 돈이 없나. 다리 뼉다구를 꺾어놓을 놈들 같으니."

하고 치삼의 주워주는 돈을 받아,

"이 원수엣 돈! 이 육시를 할 돈!"

하면서 팔매질을 친다. 벽에 맞아 떨어진 돈은 다시 술 끓이는 양푼에 떨어지며 정당한 매를 맞는다는 듯이 쨍하고 울었다.

곱빼기 두 잔은 또 부어질 겨를도 없이 말려가고 말았다. 김첨지는 입술과 수염에 붙은 술을 빨아들이고 나서 매우 만족한 듯이 그 솔잎 송이 수염을 쓰다듬으며,

"또 부어, 또 부어."

라고 외쳤다.

또 한 잔 먹고 나서 김첨지는 치삼의 어깨를 치며 문득 깔깔 웃는다. 그 웃음소리가 어떻게 컸던지 술집에 있는 이의 눈은 모두 김첨지에게로 몰리었다. 웃는 이는 더욱 웃으며,

"여보게 치삼이, 내 우스운 이야기 하나 할까? 오늘

"Blasted money, damn-blasted money," he cried. The coins struck the wall and fell into the bowl where the *makkŏlli* was being warmed, emitting a jingling cry as if getting a deserved beating.

Two more doubles were filled and emptied in one movement. Kim Ch'ŏmji licked the *makkŏlli* on his lips and beard. Stroking his pine-needle stub of a beard, he shouted, as if greatly pleased with himself,

"Another! Keep pouring!"

After yet another double, Kim Ch'ŏmji slapped Chisam on the shoulder and burst into boisterous laughter, laughter so loud that the eyes of everyone in the establishment were drawn toward him. He laughed all the more.

"Look, Chisam, I'll tell you a funny story. I brought someone to the station today, you see?"

"So?"

"Having gone there, I just couldn't come back empty, so I was hanging around the tram-stop wondering how I'd get a fare, and there's a lady, or maybe a student—it's hard to know a *kisaeng* from an ordinary girl these days—standing there in the rain wearing a cape. I eased up beside her, asked her did she want a rickshaw and tried to take her

손을 태우고 정거장에 가지 않았겠나?"

"그래서?"

"갔다가 그저 오기가 안됐데그려. 그래 전차 정류장에서 어름어름하며 손님 하나를 태울 궁리를 하지 않았나? 거기 마침 마마님이신지 여학생님이신지, 요새야 어데 논다니[14]와 아가씨를 구별할 수 있던가. 망토를 잡수시고 비를 맞고 서 있겠지. 슬근슬근 가까이 가서 인력거 타시랍시오 하고 손가방을 받으려니까 내 손을 탁 뿌리치고 빽 돌아서더만 '왜 남을 이렇게 귀찮게 굴어!' 그 소리야말로 꾀꼬리 소리지, 허허."

김첨지는 교묘하게도 정말 꾀꼬리 같은 소리를 내었다. 모든 사람은 일시에 웃었다.

"빌어먹을 깍쟁이 같은 년, 누가 저를 어쩌나. '왜 남을 귀찮게 굴어!' 어이구 소리가 체신도 없지, 허허."

웃음소리들은 높아졌다. 그러나 그 웃음소리들이 사라지기 전에 김첨지는 훌쩍훌쩍 울기 시작하였다.

치삼은 어이없이 주정뱅이를 바라보며,

"금방 웃고 지랄을 하더니 우는 건 또 무슨 일인가?"

김첨지는 연해 코를 들여마시며,

bag. She brushes away my hand, wheels violently around and shouts "Why are you pestering people like this? There's warbling for you," Kim Ch'ŏmji cried with a laugh, and he gave a very good imitation of a warble. Everyone laughed.

"Beggarly old bitch, who'd she think she was talking to? Hadn't even dignity in her moaning."

Laughter swelled all around, but Kim Ch'ŏmji began to snivel before the laughter faded away. Chisam was at a loss to know what to do. He looked hard at the drunken man.

"Laughing and kicking up a racket one minute, crying the next minute. What does it all mean?"

Kim Ch'ŏmji kept snivelling.

"My wife's dead," he said.

"What? Your wife dead? When?"

"What do you mean, when? Today of course."

"You're crazy. Don't be telling lies."

"Why would I lie, she's dead, really... me drinking, she lying there lifeless... I deserve to be killed, to be killed." Kim Ch'ŏmji burst into loud wailing.

Chisam's face showed that the pleasant mood had been broken.

"I can't tell whether the man is telling the truth or lying. Come on, we'll go to the house," he said,

"우리 마누라가 죽었다네."

"뭐, 마누라가 죽다니, 언제?"

"이놈아 언제는, 오늘이지."

"예끼 미친놈, 거짓말 말아."

"거짓말은 왜? 참말로 죽었어. 참말로……. 마누라 시체를 집에 뻐들쳐놓고 내가 술을 먹다니, 내가 죽일 놈이야, 죽일 놈이야."

하고 김첨지는 엉엉 소리를 내어 운다.

치삼은 흥이 조금 깨어지는 얼굴로,

"원 이 사람이, 참말을 하나 거짓말을 하나? 그러면 집으로 가세, 가."

하고 우는 이의 팔을 잡아당기었다.

치삼의 잡는 손을 뿌리치더니 김첨지는 눈물이 글썽글썽한 눈으로 싱그레 웃는다.

"죽기는 누가 죽어?"

하고 득의가 양양.

"죽기는 왜 죽어? 생때같이[15] 살아만 있단다. 그 오라질 년이 밥을 죽이지. 인제 나한테 속았다, 인제 나한테 속았다."

pulling the crying man's arm.

Kim Ch'ŏmji broke away from Chisam's grip and began to laugh soundlessly through tear filled eyes.

"Who says anyone's dead?" he cried, greatly elated. "Why should she be dead? She's as alive as alive can be. Using up good food. I fooled you."

He clapped his hands and laughed like a child.

"I don't know whether you're really out of your mind or not. I heard your wife was sick," Chisam said, and as if he felt a certain apprehension, he urged Kim Ch'ŏmji to go home.

"She's not dead, I tell you, she's not dead!"

Although Kim Ch'ŏmji shouted with angry conviction, there was something in his voice that hinted at an effort on his part to believe she wasn't dead. They had one more double each, rounding out the one *won*, and came away. A dirty rain was still dripping, dripping down.

Drunk though he was, Kim Ch'ŏmji bought some *sŏllŏngt'ang* and arrived home. Home was a bit of an exaggeration. Actually, it was a rented house, not all of the house, mind you, but a tiny servant's room, separate from the rest of the house, for which he paid one *won* a month in addition to drawing water for the main house. Had Kim Ch'ŏmji

하고 어린애 모양으로 손뼉을 치며 웃는다.

"이 사람이 정말 미쳤단 말인가? 나도 아주먼네가 앓는단 말은 들었는데."

하고 치삼이도 어느 불안을 느끼는 듯이 김첨지에게 또 돌아가라고 권하였다.

"안 죽었어. 안 죽었대도 그래."

김첨지는 화증을 내며 확신 있게 소리를 질렀으되 그 소리엔 안 죽은 것을 믿으려고 애쓰는 가락이 있었다. 기어이 일 원어치를 채워서 곱빼기 한 잔씩 더 먹고 나왔다. 궂은 비는 의연히 추적추적 내린다.

김첨지는 취중에도 설렁탕을 사가지고 집에 다다랐다. 집이라 해도 물론 셋집이요 또 집 전체를 세 든 게 아니라 안과 뚝 떨어진 행랑방 한 칸을 빌려 든 것인데 물을 길어대고 한 달에 일 원씩 내는 터이다. 만일 김첨지가 주기[16]를 띠지 않았던들 한 발을 대문 안에 들여놓았을 제 그곳을 지배하는 무시무시한 정적—폭풍우가 지나간 뒤의 바다 같은 정적에 다리가 떨리었으리라. 쿨룩거리는 기침 소리도 들을 수 없다. 그르렁거리

not been affected by drink, he would have trembled before the awful silence that dominated the place when he put his foot on the threshold, like the silence of the sea after a rainstorm has passed. No racking cough could be heard, no tortured breathing even. Only one sound broke the grave-like silence, not breaking it really, rather giving it added depth: the lonely, ominous sound of a child sucking its mother's breast. Perhaps someone with sensitive hearing might have guessed that the sound was entirely a sucking sound, that there was no gulping sound of milk being swallowed, that the child was sucking an empty breast.

Perhaps even Kim Ch'ŏmji guessed the ominousness of the silence. If not, it was rather odd that as soon as he stepped on to the threshold he began to shout,

"Damn woman, her husband home and she doesn't come out to meet him. God damn woman!"

The shout was mere bluster to dispel the sinister fear that was suddenly bearing down on him.

Kim Ch'ŏmji threw the door open. A nauseating stench—the smell of dirt beneath the reed mat, the smell of stool and urine from unwashed diapers, the smell of all sorts of dirty clothes, the smell of

는 숨소리조차 들을 수 없다. 다만 이 무덤 같은 침묵을 깨뜨리는—깨뜨린다느니보다 한층 더 침묵을 깊게 하고 불길하게 하는 빡빡 하는 그윽한 소리, 어린애의 젖 빠는 소리가 날 뿐이다. 만일 청각이 예민한 이 같으면 그 빡빡 소리는 빨 따름이요 꿀떡꿀떡 하고 젖 넘어가는 소리가 없으니 빈 젖을 빤다는 것도 짐작할는지 모르리라.

혹은 김첨지도 이 불길한 침묵은 짐작했는지도 모른다. 그렇지 않으면 대문에 들어서자마자 전에 없이,

"이 난장 맞을 년, 남편이 들어오는데 나와보지도 안해. 이 오라질 년!"

이라고 고함을 친 게 수상하다. 이 고함이야말로 제 몸을 엄습해오는 무시무시한 증을 쫓아버리려는 허장성세인 까닭이다.

하여간 김첨지는 방문을 왈칵 열었다. 구역을 나게 하는 추기[17]—떨어진 삿자리 밑에서 올라온 먼지내, 빨지 않은 기저귀에서 나는 똥내와 오줌내, 가지각색 때가 켜켜이 앉은 옷내, 병인의 땀 섞은 내가 섞인 추기가 무딘 김첨지의 코를 찔렀다.

stale sweat from the patient—pierced his drink-blurred nostrils. The drunken man began to yell at the top of his voice as soon as he entered the room. He didn't even take time to put the *sŏllŏngt'ang* down in one corner.

"What a bloody woman! In bed night and day, is that all you want to do? You can't even get up when your husband comes!"

And as he shouted he drew a vicious kick at her legs. But it wasn't human flesh he was kicking; it felt like the stump of a tree. The sucking sound changed to a whimper. The child let go the nipple it had been sucking and began to cry. The child's face was all puckered; it was dry crying; no tears came. Even the whimpering sound seemed to come from the child's belly, not its lips; crying and crying till no sound could come from its throat, and it seemed not to have the strength to cry again.

When Kim Ch'ŏmji saw he was getting no results from kicking, he fell on his wife's head and began to pull and shake her magpie's nest of hair.

"Damn woman, say something, talk! Are you dumb, God damn woman!"

There was no reaction.

"Oh, God, look at her, she won't say a thing."

방 안에 들어서며 설렁탕을 한구석에 놓을 사이도 없이 주정꾼은 목청을 있는 대로 다 내어 호통을 쳤다.

"이런 오라질 년, 주야장천 누워만 있으면 제일이야. 남편이 와도 일어나지를 못해!"

라고 소리와 함께 발길로 누운 이의 다리를 몹시 찼다. 그러나 발길에 차이는 건 사람의 살이 아니고 나뭇등걸과 같은 느낌이 있었다. 이때에 빽빽 소리가 응아 소리로 변하였다. 개똥이가 물었던 젖을 빼어놓고 운다. 운대도 온 얼굴을 찡그려 붙여서 운다는 표정을 할 뿐이다. 응아 소리도 입에서 나는 것이 아니고 마치 뱃속에서 나는 듯하였다. 울다가 목도 잠겼고 또 울 기운조차 시진한[18] 것 같다.

발로 차도 그 보람이 없는 걸 보자 남편은 아내의 머리맡으로 달려들어 그야말로 까치집 같은 환자의 머리를 꺼들어 흔들며,

"이년아, 말을 해, 말을! 입이 붙었어? 이 오라질 년!"

"……."

"으응, 이것 봐, 아무 말이 없네."

"……."

Still no reaction.

"Oh, God, no answer, she must be really dead."

Suddenly he noticed that her eyes were staring straight up with only the whites showing.

"Your eyes, your eyes! Why won't they look straight at me, why are they staring at the ceiling, why?" he cried. No other sound could come from his throat.

Then the tears of the living spotted and wet the stiff face of the dead like hen's droppings. Kim Ch'ŏmji was like a man gone mad as he rubbed his face against the dead woman's.

"I brought you some *sŏllŏngt'ang*," he muttered. "Why won't you eat it, why won't you eat it? Unbelievable, today of all days! And my luck was in..."

* English translation first published in *Ten Korean Short Stories* (Yonsei University Press, 1974).

Translated by Kevin O'Rourke

"이년아, 죽었단 말이냐, 왜 말이 없어?"

"……."

"으응, 또 대답이 없네, 정말 죽었나 버이."

이러다가 누운 이의 흰 창이 검은 창을 덮은, 위로 치뜬 눈을 알아보자마자,

"이 눈깔! 이 눈깔! 왜 나를 바라보지 못하고 천장만 보느냐? 응."

하는 말끝엔 목이 메이었다. 그러자 산 사람의 눈에서 떨어진 닭의 똥 같은 눈물이 죽은 이의 뻣뻣한 얼굴을 어룽어룽 적신다. 문득 김첨지는 미친 듯이 제 얼굴을 죽은 이의 얼굴에 한데 비비대며 중얼거렸다.

"설렁탕을 사다 놓았는데 왜 먹지를 못하니, 왜 먹지를 못하니?…… 괴상하게도 오늘은 운수가 좋더니만……."

1) 홉뜨다. 눈알을 위로 굴리고 눈시울을 위로 치뜨다.
2) 지지리 펴지 않는 보잘것없는 복.
3) 푼푼하다. 모자람이 없이 넉넉하다.
4) 두껍게 짠 면직물.
5) 줄곧 한 가지에만 붙박이로.
6) 비가 내리는 가운데. 또는 비가 올 때.
7) 비를 맞지 않기 위해서 차려 입음. 또는 그런 복장. 우산, 도롱이, 갈삿갓 따위를 이른다.

8) 사르다. 어떤 것을 남김없이 없애 버리다.
9) 재우치다. 빨리 몰아치거나 재촉하다.
10) 교만한 태도.
11) 말. 그 길로 바로.
12) 먹음직한 음식들.
13) 어떤 사물이 전하여 내려온 그 처음부터. 또는 본디부터.
14) 웃음과 몸을 파는 여자를 속되게 이르는 말.
15) 생때같다. 몸이 튼튼하고 병이 없다.
16) 술기운.
17) 추기. 추깃물. 송장이 썩어서 흐르는 물.
18) 시진하다. 기운이 빠져 없어지다.

* 작가 고유의 문체나 당시 쓰이던 용어를 그대로 살려 원문에 최대한 가깝게 표기하고자 하였다. 단, 현재 쓰이지 않는 말이나 띄어쓰기는 현행 맞춤법에 맞게 표기하였다.

《개벽》, 1924

해설

Afterword

운수 좋은 날

케빈 오록 (번역가)

현진건의 첫 번째 단편집 『조선의 얼굴』(1926)에 실린 각각의 이야기는 20세기 초 한국사회의 삶의 한 단면을 보여준다. 이 단편소설들을 하나씩 읽어가노라면 당시 현실 전반의 모습이 서서히 드러나게 된다. 즉 "있는 그대로의 현실의 삶"을 그린다는 그 당시의 사실주의 슬로건과 부합하는 소설들이다. 「불」은 어린 나이에 억지로 시집을 가야만 했던 한 소녀 "순이"의 이야기이다. 순이는 성적(性的)으로 너무 미성숙하여 결혼생활을 참을 수 없는 고문으로 느끼는, 당시의 잔인한 결혼제도에 갇힌 어린 소녀들을 상징한다. 순이는 그 곤경으로부터 도망칠 결심을 하고, 결국 그녀의 무지막지한 적인 남

Introduction to A Lucky Day

Kevin O'Rourke (translator)

Each story in Hyŏn Chin'gŏn's first collection, *The Face of Korea* (1926), presents a slice of life from early twentieth century Korea. The stories aim cumulatively to build a composite picture of reality. It is the old realist slogan of "life as it is." "Fire" tells the story of a young girl who has been forced into early marriage. Suni symbolizes young girls caught in a cruel marriage system, so sexually naive that marriage is an intolerable torture. Suni resolves to escape her predicament; she burns the house of her husband, who is her implacable enemy. Caught like a fish in a net, her rebellion is meaningless. "It was a world that did not permit the existence of

편의 집을 불태워버린다. 그물에 걸려 퍼덕이는 물고기처럼 그녀의 반란은 의미가 없다. "그것은 약자의 존재를 허락하지 않는 세계였던 것이다"(『한국 단편소설선집』, 「불」, 제1권, 318쪽). 좀 더 광범위한 시각에서 본다면, 당시의 한국인들은, 글 속에서 순이가 땅바닥에 패대기치고 손가락으로 눌러버리는 피라미로 상징되는 "약자"들이었다. 「술 권하는 사회」는 일본 유학에서 갓 돌아온 한 젊은 지식인이 한국사회에서 자리잡고자 하나 결국 완전히 실패한다는 이야기이다. 그는 일본 유학길에 오르기 전, 아직 어린 소년이었을 때 결혼한 서먹하게만 느껴지는 그의 무식한 아내에게 전혀 마음이 가질 않는다. 그가 한국사회에 적응하지 못하고, 술주정뱅이가 되어 종국엔 아내와 가족을 버리게 된다는 이야기이다. 그는 한국사회에서 그가 할 수 있는 유일한 일은 술주정뱅이가 되는 것이라고 결론을 내린다. 「타락자」 또한 일본 유학에서 갓 돌아온 젊은 지식인의 좌절을 다룬다. 그는 성적 욕망에 사로잡혀 한 기생과의 관계를 끊을 수 없게 된다. 그 관계는 순전히 육체적인 것으로, 그는 그것으로부터 탈피하고자 하나 그의 결심을 관철시키지 못한다. 그는 점점 더 깊은 타락의 나락으로 빠지

the weak." (An Anthology of Korean Short Stories, "Fire," Vol 1, p. 318). On a wider plane the people of Korea are "the weak," symbolized in the story by the minnow that Suni dashes to the ground and then pins down with her finger. "A Society that Drives to Drink" features a young intellectual recently returned from studies in Japan who is looking for a niche in Korean society but is hopelessly unsuccessful. He married as a boy before he went to Japan and finds himself completely out of sympathy with an uneducated wife whom he doesn't even know. He fails to adapt, becomes an alcoholic and abandons wife and family. He declares that the only thing to do in Korean society is to become a drunkard. "The Depraved" also treats the despair of a young intellectual just back from Japan. He is caught by a sexual force that will not let him break off his affair with a kisaeng. It is a purely physical relationship; he wants to escape but is unable to effect his resolve. He goes through successive stages of degradation that lead inevitably to destruction, which is the fate of the Korean intellectual of the 1920s. In "The Director of the Mental Hospital," the hero's character is completely controlled by environmental forces, Hitherto firm, un-

고, 결국에는 완전한 자기파괴에 이르게 된다. 이것이 1920년대 한국 지식인들의 운명이었다. 「사립정신병원장」에서는, 주인공이 환경의 힘에 철저히 지배당하게 된다. 원래 강직하고, 확고한 신념을 지녔던 주인공은 어느새 약하고 억압받으며 필연적으로 비극적 운명을 향하여 치닫고 있는 자신을 발견하게 된다. 주인공을 압박하는 힘은 인간의 비극을 초래하는 보편적 운명의 표현이다. 「B사감과 러브레터」는 무정한 사회에서 결혼하지 않고 살아가는 사람들의 고통을 그리고 있다. 이러한 이야기들을 담고 있는 이 단편집은 그 자체로 1920년대 한국사회에서의 삶의 조감도가 되고 있다.

한국의 제1세대 근대문학 평론가 중 선두주자로 활동했던 백철은, 현진건은 한국 단편소설의 아버지이자 한국의 체호프이며 모파상이고, 한국 최초의 진정한 자연주의 소설가로 "신문학사상에 단편문학을 만들어놓은 공적이 특별한 작가"라고 말하곤 했다. (백철, 『新文學思潮史』, 新丘文化社, 1980, 261쪽) 우리는 이 자연주의자라는 개념을 조심스럽게 살펴볼 필요가 있다. 유럽과 한국의 자연주의는 분명한 공통점들이 있는 것은 사실인 한편, 그 공통점들을 낳은 더욱 근본적인 사고방식에는 확실

bending, strong, he finds himself weak, tyrannized, heading inevitably toward a tragic destiny. The forces that oppress the hero are expressions of a universal fate that brings about the human tragedy. "The dormitory Mistress and the Love Letter" describes the suffering of the unmarried in a heartless society. As a group, these stories present a composite picture of life in Korea in the 1920s.

Paek Chul, a leading voice among Korea's first generation of modern critics, used to say that Hyŏn Chin'gŏn was the father of the Korean short story, Korea's Chekhov and Maupassant, "the first Korean writer to be... really naturalist." (A History of the Trends of the New Literature, p.261.) We need to examine this naturalist notion carefully. European and Korean naturalism while having obvious similarities were radically different in the thought that inspired them.

In "individuality and Art" Yŏm Sang-seop says:

Ultimately the thought behind naturalism, which gives naturalism most of its meaning, is a negation of authority arising from self-realization and the exposure of the pathos of an organic disillusion

한 차이가 있는 것도 사실이다.

'개인과 예술'에서 염상섭은 다음과 같이 말하고 있다. "자연주의의 사상은 결국 자아 각성에 의한 권위의 부정, 우상의 타파로 인하여 유기된 환멸의 비애를 수소(愁訴)함에 그 대부분의 의의가 있다. (백철 編,『批評의 理解』, 현암사, 1982, 158쪽)

1920년대 한국사회에서 유행하던 슬로건인 자기실현 또는 인습타파라는 개념은 서구의 자유주의적 사고에서 따온 것들이기는 하나, 실제로 한국판 자연주의와의 연관성은 거의 없다. 염상섭은 위의 글에서 1920년대 한국문학에서는 존재하지 않았던 지적(知的) 관점을 도입한다. 염상섭의 말을『실험적 소설』에 나오는 에밀 졸라의 말과 비교해 보자.

자연주의라는 개념은 현실적인 예들을 선택하여, 소설 속에 설정된 실험적인 조건에 지배를 받게 하는 것이다. 즉 소설 안에서, 인간에게 영향을 미치는 힘의 성격과 작용에 관한 작가의 가설들이 시험대 위에 오르게 된다. (드럴과 허바드의『문학 안내서』, 303쪽)

arising from iconoclasm. (Paek Chul ed. Understanding Criticism, p.158)

Self-realization and iconoclasm were popular slogans in 1920s Korea, but they are ideas culled from western liberal thought with very little relevance to Korean naturalism. Yom's essay injects an intellectual note that simply was not there in Korean 1920s literature. Compare Yŏm's statement with what Zola says in *The Experimental Novel*:

> The idea of the naturalist is the selection of truthful instances subjected to laboratory conditions in the novel, where the hypothesis of the author about the nature and operation of the forces that work upon man can be put to the test. (Quoted in Thrall and Hubbard, A Handbook of Literature, p. 303)

Zola's ideas are clear and simple; he thinks of the novel in terms of an experimental laboratory. He elaborates a theory of external and internal forces working upon man and sets about verifying this theory in the novel. The approach is scientific: the forces that control human behaviour are the primary focus of the novelist not the characters in the

졸라의 생각은 명료하고 단순하다. 즉 그는 소설을 일종의 실험실이라고 보는 것이다. 그는 인간에 작용하고 있는 다양한 외부적, 내부적 영향력들에 대한 하나의 이론을 정립하고자 했고, 또한 소설 속에서 이 이론을 증명하려고 했다. 그리고 그는 과학적 접근방법을 시도했다. 즉 소설가들의 주된 관심의 초점은 이야기 속의 등장인물들이 아니라, 바로 인간의 행동을 통제하는 영향력들인 것이다.

러시아, 프랑스, 아일랜드 문학의 비관주의적 경향은 정치적인 패배와 억압이라는 배경 속에서 생겨났다. 러시아는 농노제도의 억압을 겪었고, 프랑스는 프랑코—러시아 전쟁에서 공화국의 멸망을 목격했고, 아일랜드는 브리튼의 지배와 압박을 견뎌야 했다. 한국에서는 1919년 독립운동의 실패가 한국의 젊은 지식인들의 희망을 앗아갔다. 비관주의 그리고 환멸이 당시 한국문학의 근저였던 것이다. 그러나 유럽의 자연주의는 비관주의가 아닌, 19세기의 과학혁명에 그 뿌리를 두고 있다. 그것은 문학에 과학적 원리들을 적용하려는 최초의 문학운동이었다. 그 운동은 과학혁명에 동반했던 사고의 혁명을 극화하려고 시도했다. 이런 관점에서 볼 때, 유

story.

The pessimistic trend in Russian, French and Irish literature developed against a background of political defeat and oppression. Russia suffered the oppression of the serfs; France had the collapse of the republic in the Franco-Russian War; Ireland endured oppression under British rule. In Korea, the failure of the independence movement in 1919 dashed all the hopes of Korea's young intellectuals. Pessimism and disillusion were the basis of Korean literature of the period. Pessimism, however, was not the basis of European naturalism; European naturalism traced its roots to the scientific revolution of the 19th century. It was the first literary movement to apply scientific principles to literature. It sought to dramatize the revolution in thought that accompanied the revolution in science. There is no commonality between Europe and Korea here. We must look for common ground in another intellectual fashion, the philosophy of determinism. Determinism never constituted a philosophical system any more than existentialism in the 50s and 60s. It was an attitude to life: man is a complex machine (Newton); man is determined by

럽과 한국 사이에는 공통점이 없다. 우리는 다른 지적 방법, 즉 결정론적 철학이라는 시각에서 한국과 유럽의 공통점을 찾아야 한다. 1950년대와 1960년대의 실존주의와 마찬가지로, 결정론 또한 철학적 체계를 갖추지 못했다. 다음의 인용문에서도 알 수 있듯이, 결정론은 일종의 삶에 대한 태도이다. "인간은 복잡한 기계이다" (뉴턴), "인간은 일련의 내부적, 외부적 힘에 의하여 결정지워진다" (프로이드), "인간은 사회환경에 의해 변화된다" (콩트), "인간은 생물학적 힘에 의하여 통제된다" (다윈), "인생은 경제적 힘과 사회적 힘이 상호작용하는 전쟁터이다" (마르크스), "문학은 결정론적 영향력들의 산물이다" (테인). 이러한 광범위한 개념들에 영향을 받은 유럽의 자연주의 소설가들은, 인간을 자신들이 이해하지도 통제하지도 못하는 내부적, 외부적 영향력들에 끊임없이 반응하며 살아가는 동물이라는 인생관을 채택한 것이다. 한국은 운명이라는 전통적인 관념에 싸인 한국인 나름의 결정론적 철학을 가지고 있다. 운명이란 하나의 지배력으로, 1919년 독립운동 실패 후 자국(自國)의 멸망을 초래했고, 또한 냉혹하게도 당시 일본의 식민지라는 자국의 현실 상황에서 그 운명은 개인들조

a range of internal and external forces (Freud); man is changed by social environment (Comte); man is controlled by biological forces (Darwin); life is a battlefield where economical and social forces interplay (Marx); and literature is a product of determinist forces (Taine). Influenced by these wide-ranging ideas European naturalist writers adopted an attitude to life that saw man as an animal constantly reacting to internal and external forces which he could neither understand nor control. Korea had her own deterministic philosophy enshrined in the traditional notion of fate (unmyong). Fate is a controlling force: it brought about the destruction of the nation after the failure of the 1919 independence movement, and inexorably, within the reality of Korea's straightened colonial situation, it brings the individual to destruction.

The characters in Korean stories of the 1920s invariably walk a path that leads to destruction. Sex, liquor, social environment, poverty, or some compelling force like jealousy or hate control man's destiny. The conclusion is inevitable, destruction dogs the footsteps of the characters. Defeat is not the product of naturalist literary theory or of deter-

차도 파괴로 몰아갔다.

1920년대의 한국소설 속의 등장인물들은 어김없이 파멸에 이르는 길을 걷고 있다. 육욕, 술, 사회환경, 빈곤 혹은 질투, 증오 등의 강력한 힘들이 인간의 운명을 지배한다. 비관적 결론은 불가피했다. 즉 파괴가 등장인물의 뒤를 끈질기게 쫓고 있다는 것이다. 패배는 자연주의 문학이론이나 결정론의 산물이 아니라, 절망적인 정치적, 사회적 현실과 더불어 운명이라는 전통적 사고방식의 결과물인 것이다.

식민지 서울에서의 삶을 너무나도 생생히 보여주는 「운수 좋은 날」은 아마 틀림없이 1920년대 최고의 소설일 것이다. 1920년대 서울 생활이 어떠했는지 알고자 한다면 「운수 좋은 날」은 필독해야 할 소설이다. 부자, 가난한 자, 학생, 기생, 노동자 등 서울 시민들의 공적, 사적 삶의 단면을 적나라하게 보여주기 때문이다. 하나의 소설로서 「운수 좋은 날」은 예를 들어 김동인의 「감자」보다 훨씬 완성도가 높은 작품이다. 흔히 김동인의 「감자」를 그 당시 최고의 소설 중 하나로 꼽지만, 구조적인 면에서 볼 때, 이 작품은 단편소설이라기보다는 소품에 가깝고, 그 이유로 최고의 단편소설을 결정하는

minism; it is the result of a desperate reality, both political and social, in combination with the traditional concept of fate (unmyong).

"A Lucky Day" is arguably the finest story of the 1920s, presenting a picture of life in colonial Seoul that literally jumps off the page. If you want to know what life in 1920's Seoul was like, "A Lucky Day" is essential reading. The narration presents a cross-section of Seoul citizenry, well-off and poor, student, *kisaeng*, labourer, the public and private lives of Seoul's citizens. As a piece of fiction, it is much more accomplished, for example, than Kim Tong-in's "Potatoes" which is commonly regarded as among the finest stories of the period but structurally is more like a novella than a short story and consequently lacks the introspection that defines the best short story writing. Technically "A Lucky Day" is also more accomplished than Hyŏn Chin'gŏn's other representative stories, "A Society that Drives to Drink," "Fire," "The Dormitory Mistress and the Love Letter," or "The Director of the Private Mental Hospital."

Kim Ch'ŏmji, the hero of "A Lucky Day," has been

내성(內省)이 부족하다. 기법의 측면에서도 「운수 좋은 날」은 현진건의 다른 대표작들, 즉 「술 권하는 사회」 「불」 「B사감과 러브레터」 혹은 「사립정신병원장」 등의 작품들보다 더 완성도가 높다.

「운수 좋은 날」의 주인공인 김첨지는 일이 잘 풀리지 않아 벌써 몇 주일째 인력거 운임을 한 푼도 벌지 못했다. 그의 어려운 상황은 그날 음산한 날씨와 끊임없이 내리는 비로 인해 더욱 심각해진다. 그의 아내는 병중이고 그에게 설렁탕 한 사발이 먹고 싶다고 계속 조른다. 하지만 그는 설렁탕을 살 돈이 없다. 그날 내내, 김첨지의 뇌리에서 아픈 아내의 생각이 떠나지 않는다. 그런 그날 그에게 찾아온 행운을 그는 믿을 수가 없다. 인력거 손님이 연달아 있는 것이다. 그의 행운이 계속되는 동안, 그의 마음속에서는 오늘은 일하러 가지 말라고 간청하던 아내의 말이 자꾸 떠오른다. "오늘은 나가지 말아요. 제발 덕분에 집에 붙어 있어요. 내가 이렇게 아픈데……." 그러나 가난이 그로 하여금 그녀의 간청을 들어주지 못하게 한다. 연달아 운임을 받아 챙기는데, 그날 정말로 크게 한몫을 볼 일이 생긴다. 신이 난 그가 질척거리는 길을 따라 인력거를 끌고 있는데, 의

having a bad time; he has not had a fare for weeks. The difficulty of his situation is reinforced by the murkiness of the day and the rain that falls incessantly. His wife is sick and keeps asking for a bowl of beef soup but he hasn't the money to buy it. As the day goes on, Kim Ch'ŏmji's thoughts are never far from his sick wife. Today he can't believe his good fortune; he gets one fare after another. As his good fortune continues, he keeps remembering his wife's plea not to go out today. "Stay at home, I beg you, I'm so sick." However poverty prevents him from acceding to her request. He keeps accepting new fares and ends up with an incredible killing on fares for the day. As he pulls his rickshaw through the muddy streets, his mood swings between elation and a grim sense of foreboding. The moments of elation are always salted by the sombreness of the sky, thoughts of his wife, and a grim awareness of approaching calamity. In the afternoon, he bumps into an old friend, and he is as grateful for the encounter as if he had met a benefactor. They go off for a few drinks and something to eat. Even here thoughts of his wife dominate the conversation and the mood of the two men in the drinking house. Kim Ch'ŏmji's mood swings between anger

기양양하던 그의 기분이 갑자기 불길한 예감으로 차갑게 식는다. 그의 기분은 잠시 우쭐해져 있다가도 이내 음침한 하늘, 아내에 대한 생각, 그리고 뭔가 닥쳐올 냉혹한 불행에 대한 의식으로 자꾸 가라앉곤 한다. 오후에 옛 친구를 우연히 만나게 되자, 그는 마치 은인을 만난 것처럼 기뻐한다. 그들은 함께 먹고 마시러 간다. 술집에서도 그들의 화제나 기분이 대부분 그의 아내에 대한 일에 머물렀다. 김첨지의 기분은 계속 분노와 득의 사이를 왕복하여 그의 친구조차도 집에 있을 그의 병든 아내에 대해 걱정을 할 정도이다. 결국 김첨지는 그의 아내를 위하여 설렁탕을 사들고 집으로 가지만, 그녀는 이미 죽어 있다. 집안에 마치 "폭풍우가 지나간 뒤의 바다 같은 정적"이 감돌았다. 김첨지가 아내의 죽음을 확인하는 장면은 서양인 독자가 이해하기에는 어렵다. 그의 반응이 전혀 예상치 못한, 거의 너무 투박하여 잔인하다고 할 정도이기 때문이다. 그는 아내의 시체를 발로 차고, 머리채를 잡아채 보고 한 후에야 마침내 그녀가 죽었다는 사실을 깨닫는다. "산 사람의 눈에서 떨어진 닭의 똥 같은 눈물이 죽은 이의 뻣뻣한 얼굴에 어룽어룽 적시었다." 이 한 문장에 「운수 좋은 날」의 소설로

and elation, enough to worry his companion about the well-being of the sick wife at home. Eventually Kim buys the beef soup for his wife and goes home only to find that she is already dead. The silence is like "the silence of the sea after a rainstorm." The scene of Kim Ch'ŏmji facing the fact of his wife's death is difficult for a Western reader; his response seems out of proportion, crude almost. He kicks the corpse and pulls the corpse's hair before finally he realizes that she is dead. "The tears of the living spotted and wet the stiff face of the dead, like hen's droppings." The line encapsulates the brilliance of "A Lucky Day" as a piece of fiction.

Kim U-jong notes: "Through this type of situation the writer showed the impossibility of miraculous good fortune for a poverty-stricken people. (A History of the Modern Novel, p. 160) Hyŏn Chin'gŏn's major theme is the hopelessness of existence under Japanese occupation. He lays great stress on social environment as a force that controls man's destiny. A clear chain of circumstances leads to the ironic ending. Poverty in the dark environment of the Japanese occupation precipitates disaster. The story ends with Kim Ch'ŏmji muttering, "Unbelievable,

서의 훌륭함이 그대로 담겨 있다.

김우종은 "이와 같은 사건을 통해서 작자는 빈궁과 기아(飢餓)의 민중들에게 기적적인 행운이란 있을 수 없다는 것을 나타냈다"라고 말한다(김우종, 『韓國現代小說史』, 성문각, 1978, 160쪽). 현진건의 주요 테마는 일제 강점하에 놓인 존재의 절망 상태이다. 그는 인간의 운명을 지배하는 힘 중의 하나로서 사회적 환경을 강조해 마지않는다. 명백하게 연결된 일련의 상황들이 역설적 결말로 이어진다. 일제 강점기의 암울한 환경에서의 빈곤이 참사를 불러온다. 이 소설은 김첨지의 투덜거림으로 끝이 난다. "괴상하게도 오늘은! 운수가 좋더니만……."

나는 대학원 시절 나의 주임교수님께 들은 말을 아직도 생생히 기억한다. 내가 김첨지의 아내에 대한 사랑을 이해하기 전에는, 나는 결코 한국을 이해할 수 없을 것이라는 말씀이었다. 나는 별 진전도 없이 수년간 이 문제로 고민했다. 그러나 나의 이해의 한계에도 불구하고, 「운수 좋은 날」은 1920년대의 가장 중요한 소설로 남아 있다. 그 당시의 한국 작가들은 한결같이, 그들이 일본에서 들여오고 있었던 신문학과 씨름하면서 기법적인 문제에 어려움을 겪고 있었다. 그러나 기법적인

today of all days, and my luck was in!" I remember vividly being told by my guidance professor in Graduate School that until I understood Kim Ch'ŏmji's love for his wife, I would never understand Korea. I struggled with this for years without making the breakthrough. However, despite the limitations of my understanding, "A Lucky Day" remains the essential story of the 1920s. 1920s Korean writers invariably had difficulties with technique when grappling with the new literature they were importing from Japan. In technique terms, however, "A Lucky Day" is the jewel in the crown.

면에서 볼 때, 「운수 좋은 날」은 한국문학사의 최고의 공적이 아닐 수 없다.

비평의 목소리

Critical Acclaim

문학의 전개 양상에서 특별히 그는 다음과 같은 문제에 관심을 두었다. 우선 그는 한 시대의 문제를 구조적으로 인식하고 그것을 작품의 구조로 형상화하려 했다. 현실을 안이하게 모사하거나 폭로하는 데 머물지 않고 새 시대에 대한 비전을 전제로 그 근원에 자리잡고 있는 문제를 파악했다. 문학은 새 세계에 대한 동경에서 출발한다. 그것이 상상력에 보다 경도하든지, 현실에 보다 충실하든지 간에, 지금 여기에 머물지 않고 항상 내일의 저곳을 지향하고 있다. 식민지 현실에서 그것은 용이한 일이 아니었다. 우선 경직된 사회의 분위기와 군국주의 정치 상황을 극복하여야 했기 때문이다.(……)

Hyŏn Chin'gŏn's writing reflects his interest in the social and political systems of his time. Instead of simply depicting reality, he tried to dig deeper in an effort to understand what was lurking under the surface of society. Hyŏn Chin'gŏn's vision for a new world colored his works. While some of his writing is imaginative and some more reality-based, it always looks ahead toward the future rather than staying grounded in the here and now. Such writing was no easy task in the era of rigid colonial life, lived under a militaristic political regime. [...] In "A Lucky Day," the author offers an insightful look at the poor class from a deterministic perspective.

작가는「운수 좋은 날」에서 가난한 계층의 문제를 결정론적으로 인식한다. (……) 이러한 작가 의식은 가난한 계층에 대해 진지하게 통찰했기에 가능했다. 가진 자에 대한 증오와 폭력으로 그 문제가 해결될 수 있다는 카프식의 발상보다는 오히려 실제적인 것이다. 작가는 가진 자의 배려를 통해서 소외된 계층의 문제를 극복해 나갈 수 있다고 생각한다. 그 배려는 도덕적 시혜 행위가 아니라, 가진 자들이 세상을 제대로 인식하는 양식으로 나타난다.

현길언,『문학과 사랑과 이데올로기-현진건 연구』, 태학사, 2000.

그는 단연 현대문학사에서 주목할 만한 작품을 여러 편 남긴 뛰어난 작가이다. 특히 그는 단편 소설에 있어서, 당대에 이미 '체호프'나 '모파상'으로 비견될 만큼 김동인과 더불어 한국 문단을 대표하는 작가로 인정받았다. (……) 현진건이 단편소설 작가로서 당대 문단에서 두각을 나타낼 수 있었던 것은 단편소설의 짜임새를 유지하면서도 본래 자연주의가 지녔던 현실 포착의 기능을 잘 조화시킨 데에 있었기 때문이다. 현진건의 단편들은 문제적 현실을 단편소설에 맞게 가공하기 위해서

This view was far more realistic than the optimistic attitude of the KAPF (Korea Artista Proleta Federatio), which argued that poverty could be solved through hatred of and violence toward the wealthy. As depicted through his writing, Hyŏn Chin'gŏn believed the lives of the marginalized could be enhanced not through charity, but by providing the wealthier classes with a broader understanding of poverty.

Hyun Gil-eon, *Literature, Love, and Ideology: A Study of Hyŏn Chin'gŏn* (Seoul: T'aehaksa, 2000)

Hyŏn Chin'gŏn is an outstanding writer who contributed many remarkable works to modern Korean literature. Along with Kim Tong-in, Hyŏn Chin'gŏn is recognized as a master of the short story, and has often been compared to Chekhov and Maupassant. [...] Hyŏn Chin'gŏn's ability to execute a tight story structure and uncanny knack for capturing reality sets him apart from his contemporaries. Hyŏn's short stories portray a problematic reality in literary form. His dazzling repertoire of works expertly employ characterization, point-of-view, reversal, foreshadowing, and play upon the psyche.

작가가 어떤 기법을 구사할 수 있는지를 보여주는 견본과도 같다. 그는 인물의 설정, 시점의 활용, 반전과 암시, 심리 묘사 등 여러 영역을 넘나들며 현란한 기법을 구사한다. (……) 현진건의 단편은 이야기의 재미를 위해 형식적인 완결성과 더불어 현실에 대한 핍진한 묘사라는 두 가지 지향을 추구하고 있다. 이 때문에 당대 문단에서는 현진건에게 "기교의 천재" "숙련한 공장(工匠)"이라는 평가를 아끼지 않았던 것이다. 이것은 분명 소설의 재미를 잃지 않으면서 현실을 반영한 메시지를 최대한 부각시켰다는 찬사일 것이다.

정주아, 「'기교파' 작가의 딜레마와 그 극복의 여정」, 『한국현대문학전집9-운수 좋은 날』, 현대문학, 2010.

빙허 현진건은 1920년대 식민지 조선의 풍경을 고독한 지식인의 내면적 절규로 포착한 작가이다. 초기 삼부작「빈처」「술 권하는 사회」「타락자」는 현실에 환멸을 느끼고 부정하면서도 그러한 현실을 초탈할 수 없다는 역설적 진실을 아이러니를 통해 발견하도록 해준다. 그는 한편으로 근대성을 열망하면서도, 다른 한편으로 식민지적 근대의 속악한 현실에 순응할 수 없는 지식인의

[...] He is simultaneously an entertaining storyteller and a historian of sorts, thanks to his realistic depiction of society. It is because of this duality that critics of Hyŏn's time heralded him as a "technical genius" and "skilled artisan."

Jeong Ju-a, "Dilemma of A Technicist and His Journey of Overcoming This Dilemma," *Complete Collection of Modern Korean Literature*, Vol. 9 (Seoul: Hyeondae Munhak, 2010)

Pinghŏ Hyŏn Chin'gŏn's works echoed throughout the colonial landscape of 1920s Chosun like a lonely intellectual's inner scream. His early trilogy—"Poor Man's Wife," "Society That Encourages Drinking," and "The Depraved"—reminds us that nobody can transcend reality, no matter how disillusioned he or she may be. Hyŏn Chin'gŏn's works depict a self-aware intellectual who could not adapt to vulgar reality despite his yearning for modernity. Written after his first trilogy and during the Japanese occupation, "A Lucky Day" and "Hometown" capture a unique point in Korean literary history, wherein the intellectuals and grassroots converge.

Ko In-hwan, "On the Author," ***Collected Works of***

자의식을 진솔하게 포착했다. 빙허는 이러한 자의식 탐구의 극점에서 민중과 만난다. 초기 삼부작 이후 발표된 「운수 좋은 날」「고향」 등은 지식인과 민중의 만남을 보여주는 대표적인 작품들이다. 일제 강점기 빙허의 문학은 지식인과 민중이 만나는 특이한 문학사의 한 페이지를 장식하고 있는 셈이다.

고인환, 「지은이에 대해」, 『현진건 작품집』,

지식을만드는지식, 2008.

Hyŏn Chin'gŏn (Seoul: Zmanz, 2008)

현진건

빙허(憑虛) 현진건은 1900년 대구 계산동에서 대구우체국장의 아들로 태어났다. 서당에서 한문을 수학하다가, 13세 때 일본으로 건너가 도쿄 세이조중학(成城中學)을 졸업했다. 1918년 중국 상하이에 있는 둘째 형 정건(鼎健)을 찾아가 후장대학(滬江大學)의 독일어 전문부에서 수학하다 중도 포기하고 귀국하였다. 1920년 「희생화(犧牲花)」를 《개벽》에 발표하며 문단에 등장했으며, 이듬해 1921년 단편 「빈처(貧妻)」를 발표하면서 소설가로서의 명성을 얻었다. 1921년에는 조선일보사에 입사하여 언론계에 첫발을 내디뎠다. 1922년에는 박종화, 나도향, 홍사용 등과 동인지 《백조(白潮)》를 창간하여 1920년대 신문학운동에 본격적으로 가담하여 활동했다. 1932년 상해에서 활약하던 셋째 형 정건이 독립운동을 하다 '한인청년회' 사건으로 평양에서 옥사하게 되자 이에 깊은 충격을 받는다. 자신도 동아일보사 사회부장에 재직할 당시 베를린 올림픽 마라톤에서 손기정 선수가 우승하자, 그 보도사진에 일장기를 손봐서 게재

Hyŏn Chin'gŏn

The son of Daegu Postmaster, Pinghŏ Hyŏn Chin'gŏn was born in Gyesan-dong, Daegu in 1900. After studying classical Chinese in a traditional school, at age thirteen he went to Japan to study abroad and graduated from Tokyo's Seijo High School. In 1918, he joined his second eldest brother Chŏng-gŏn in Shanghai, where he studied in the German Department at Hujiang University, but returned home before completing his degree. Hyŏn Chin'gŏn made his literary debut with "Sacrifice Flower," published in *Kaebyŏk* in 1920; he made a name for himself following the publication of his short story "Poor Man's Wife," published in 1921. That same year, Pinghŏ Hyŏn Chin'gŏn began his career as a journalist with the *Choson Ilbo* newspaper. In 1922, he participated in the 1920s New Literature Movement by establishing and actively working on the coterie magazine *Baekjo* with Pak Chong-hwa, Na To-hyang, and Hong Sa-yong.

Pinghŏ was deeply shocked when his brother Chŏng-gŏn died in a Pyongyang prison as a result

한 일장기 말살 사건으로 인해 약 1년을 복역하였다. 1937년 동아일보사를 사직하고 소설 창작에 전념하였고, 1943년 44세의 나이에 장결핵을 앓다가 세상을 떠났다.

대표작으로 「빈처」(1921), 「술 권하는 사회」(1921), 「타락자」(1922), 「할머니의 죽음」(1923), 「운수 좋은 날」(1924), 「불」(1925), 「B사감과 러브레터」(1925), 「고향」(1926) 등이 있다. 장편소설은 『적도』(1933~1934년 동아일보 연재), 『무영탑』(1938~1939년 연재) 등이 있다.

of his active involvement in the Korean independence movement during the Korean Youth Association incident in 1932. Later, when Pinghŏ served as the society page chief editor for the *Donga Ilbo* newspaper, he went to prison for approximately a year due to his involvement in an incident wherein reporters erased the Japanese flag worn on the shirt of 1936 Berlin Olypmic gold medalist Son Kijŏng from a photograph. He left the *Donga Ilbo* newspaper in 1937 and devoted himself to creative writing until he died from tuberculosis at the age of forty-four in 1943.

Pinghŏ's major short stories include "Poor Man's Wife" (1921), "Society That Encourages Drinking" (1921), "The Depraved" (1922), "Grandmother's Death" (1923), "A Lucky Day" (1924), "Fire" (1925), "Housemistress B and Love Letters" (1925), and "Hometown" (1926). He also authored the novels *The Equator* (serialized in *Donga Ilbo* between 1932 to 1934) and *Muyŏngt'ap* (serialized in the *Donga Ilbo* between 1938 to 1939).

번역 **케빈 오록** Translated by Kevin O'Rourke

아일랜드 태생이며 1964년 가톨릭 사제로 한국에 왔다. 연세대학교에서 한국 문학 박사 학위를 받았으며, 한국의 소설과 시를 영어권에 소개하는 데 중점적인 역할을 해왔다.

Kevin O'Rourke is an Irish Catholic priest (Columban Fathers). He has lived in Korea since 1964, holds a Ph.D. in Korean literature from Yonsei University and has been at the forefront of the movement to introduce Korean literature, poetry and fiction, to the English speaking world.

바이링궐 에디션 한국 대표 소설 087
운수 좋은 날

2014년 11월 14일 초판 1쇄 발행

지은이 현진건 | **옮긴이** 케빈 오록 | **펴낸이** 김재범
기획위원 정은경, 전성태, 이경재
편집 정수인, 이은혜, 김형욱, 윤단비 | **관리** 박신영 | **디자인** 이춘희
펴낸곳 (주)아시아 | **출판등록** 2006년 1월 27일 제406-2006-000004호
주소 서울특별시 동작구 서달로 161-1(흑석동 100-16)
전화 02.821.5055 | **팩스** 02.821.5057 | **홈페이지** www.bookasia.org
ISBN 979-11-5662-049-5 (set) | 979-11-5662-061-7 (04810)
값은 뒤표지에 있습니다.

Bi-lingual Edition Modern Korean Literature 087
A Lucky Day

Written by Hyŏn Chin'gŏn | **Translated by** Kevin O'Rourke
Published by Asia Publishers | 161-1, Seodal-ro, Dongjak-gu, Seoul, Korea
Homepage Address www.bookasia.org | **Tel**. (822).821.5055 | **Fax**. (822).821.5057
First published in Korea by Asia Publishers 2014
ISBN 979-11-5662-049-5 (set) | 979-11-5662-061-7 (04810)

바이링궐 에디션 한국 대표 소설

한국문학의 가장 중요하고 첨예한 문제의식을 가진 작가들의 대표작을 주제별로 선정!
하버드 한국학 연구원 및 세계 각국의 한국문학 전문 번역진이 참여한 번역 시리즈!
미국 하버드대학교와 컬럼비아대학교 동아시아학과, 캐나다 브리티시컬럼비아대학교 아시아학과 등 해외 대학에서 교재로 채택!

바이링궐 에디션 한국 대표 소설 set 1

분단 Division

01 병신과 머저리-**이청준** The Wounded-**Yi Cheong-jun**
02 어둠의 혼-**김원일** Soul of Darkness-**Kim Won-il**
03 순이삼촌-**현기영** Sun-i Samch'on-**Hyun Ki-young**
04 엄마의 말뚝 1-**박완서** Mother's Stake I-**Park Wan-suh**
05 유형의 땅-**조정래** The Land of the Banished-**Jo Jung-rae**

산업화 Industrialization

06 무진기행-**김승옥** Record of a Journey to Mujin-**Kim Seung-ok**
07 삼포 가는 길-**황석영** The Road to Sampo-**Hwang Sok-yong**
08 아홉 켤레의 구두로 남은 사내-**윤흥길** The Man Who Was Left as Nine Pairs of Shoes-**Yun Heung-gil**
09 돌아온 우리의 친구-**신상웅** Our Friend's Homecoming-**Shin Sang-ung**
10 원미동 시인-**양귀자** The Poet of Wŏnmi-dong-**Yang Kwi-ja**

여성 Women

11 중국인 거리-**오정희** Chinatown-**Oh Jung-hee**
12 풍금이 있던 자리-**신경숙** The Place Where the Harmonium Was-**Shin Kyung-sook**
13 하나코는 없다-**최윤** The Last of Hanak'o-**Ch'oe Yun**
14 인간에 대한 예의-**공지영** Human Decency-**Gong Ji-young**
15 빈처-**은희경** Poor Man's Wife-**Eun Hee-kyung**

바이링궐 에디션 한국 대표 소설 set 2

자유 Liberty

16 필론의 돼지-**이문열** Pilon's Pig-**Yi Mun-yol**
17 슬로우 불릿-**이대환** Slow Bullet-**Lee Dae-hwan**
18 직선과 독가스-**임철우** Straight Lines and Poison Gas-**Lim Chul-woo**
19 깃발-**홍희담** The Flag-**Hong Hee-dam**
20 새벽 출정-**방현석** Off to Battle at Dawn-**Bang Hyeon-seok**

사랑과 연애 Love and Love Affairs

21 별을 사랑하는 마음으로-**윤후명** With the Love for the Stars-**Yun Hu-myong**
22 목련공원-**이승우** Magnolia Park-**Lee Seung-u**
23 칼에 찔린 자국-**김인숙** Stab-**Kim In-suk**
24 회복하는 인간-**한강** Convalescence-**Han Kang**
25 트렁크-**정이현** In the Trunk-**Jeong Yi-hyun**

남과 북 South and North

26 판문점-**이호철** Panmunjom-**Yi Ho-chol**
27 수난 이대-**하근찬** The Suffering of Two Generations-**Ha Geun-chan**
28 분지-**남정현** Land of Excrement-**Nam Jung-hyun**
29 봄 실상사-**정도상** Spring at Silsangsa Temple-**Jeong Do-sang**
30 은행나무 사랑-**김하기** Gingko Love-**Kim Ha-kee**

바이링궐 에디션 한국 대표 소설 set 3

서울 Seoul

31 눈사람 속의 검은 항아리-**김소진** The Dark Jar within the Snowman-**Kim So-jin**
32 오후, 가로지르다-**하성란** Traversing Afternoon-**Ha Seong-nan**
33 나는 봉천동에 산다-**조경란** I Live in Bongcheon-dong-**Jo Kyung-ran**
34 그렇습니까? 기린입니다-**박민규** Is That So? I'm A Giraffe-**Park Min-gyu**
35 성탄특선-**김애란** Christmas Specials-**Kim Ae-ran**

전통 Tradition

36 무자년의 가을 사흘-**서정인** Three Days of Autumn, 1948-**Su Jung-in**
37 유자소전-**이문구** A Brief Biography of Yuja-**Yi Mun-gu**
38 향기로운 우물 이야기-**박범신** The Fragrant Well-**Park Bum-shin**
39 월행-**송기원** A Journey under the Moonlight-**Song Ki-won**
40 협죽도 그늘 아래-**성석제** In the Shade of the Oleander-**Song Sok-ze**

아방가르드 Avant-garde

41 아겔다마-**박상륭** Akeldama-**Park Sang-ryoong**
42 내 영혼의 우물-**최인석** A Well in My Soul-**Choi In-seok**
43 당신에 대해서-**이인성** On You-**Yi In-seong**
44 회색 時-**배수아** Time In Gray-**Bae Su-ah**
45 브라운 부인-**정영문** Mrs. Brown-**Jung Young-moon**

바이링궐 에디션 한국 대표 소설 set 4

디아스포라 Diaspora

46 속옷-**김남일** Underwear-**Kim Nam-il**
47 상하이에 두고 온 사람들-**공선옥** People I Left in Shanghai-**Gong Sun-ok**
48 모두에게 복된 새해-**김연수** Happy New Year to Everyone-**Kim Yeon-su**
49 코끼리-**김재영** The Elephant-**Kim Jae-young**
50 먼지별-**이경** Dust Star-**Lee Kyung**

가족 Family

51 혜자의 눈꽃-**천승세** Hye-ja's Snow-Flowers-**Chun Seung-sei**
52 아베의 가족-**전상국** Ahbe's Family-**Jeon Sang-guk**
53 문 앞에서-**이동하** Outside the Door-**Lee Dong-ha**
54 그리고, 축제-**이혜경** And Then the Festival-**Lee Hye-kyung**
55 봄밤-**권여선** Spring Night-**Kwon Yeo-sun**

유머 Humor

56 오늘의 운세-**한창훈** Today's Fortune-**Han Chang-hoon**
57 새-**전성태** Bird-**Jeon Sung-tae**
58 밀수록 다시 가까워지는-**이기호** So Far, and Yet So Near-**Lee Ki-ho**
59 유리방패-**김중혁** The Glass Shield-**Kim Jung-hyuk**
60 전당포를 찾아서-**김종광** The Pawnshop Chase-**Kim Chong-kwang**

바이링궐 에디션 한국 대표 소설 set 5

관계 Relationship

61 도둑견습 – **김주영** Robbery Training-**Kim Joo-young**
62 사랑하라, 희망 없이 – **윤영수** Love, Hopelessly-**Yun Young-su**
63 봄날 오후, 과부 셋 – **정지아** Spring Afternoon, Three Widows-**Jeong Ji-a**
64 유턴 지점에 보물지도를 묻다 – **윤성희** Burying a Treasure Map at the U-turn-**Yoon Sung-hee**
65 쁘이거나 쯔이거나 – **백가흠** Puy, Thuy, Whatever-**Paik Ga-huim**

일상의 발견 Discovering Everyday Life

66 나는 음식이다 – **오수연** I Am Food-**Oh Soo-yeon**
67 트럭 – **강영숙** Truck-**Kang Young-sook**
68 통조림 공장 – **편혜영** The Canning Factory-**Pyun Hye-young**
69 꽃 – **부희령** Flowers-**Pu Hee-ryoung**
70 피의일요일 – **윤이형** BloodySunday-**Yun I-hyeong**

금기와 욕망 Taboo and Desire

71 북소리 - **송영** Drumbeat-**Song Yong**
72 발칸의 장미를 내게 주었네 - **정미경** He Gave Me Roses of the Balkans-**Jung Mi-kyung**
73 아무도 돌아오지 않는 밤 – **김숨** The Night Nobody Returns Home-**Kim Soom**
74 젓가락여자 – **천운영** Chopstick Woman-**Cheon Un-yeong**
75 아직 일어나지 않은 일 – **김미월** What Has Yet to Happen-**Kim Mi-wol**